SV

Band 1007 der Bibliothek Suhrkamp

Juan Carlos Onetti
im Alter von 30 Jahren

Juan Carlos Onetti
Der Schacht

Roman

Aus dem Spanischen von
Jürgen Dormagen

Suhrkamp Verlag

Die Originalausgabe erschien 1939 in Montevideo
unter dem Titel *El pozo*

Erste Auflage 1989

Satz: IBV Satz- und Datentechnik GmbH, Berlin
Druck: Nomos Verlagsgesellschaft, Baden-Baden
Printed in Germany

Der Schacht

Vor einer Weile ging ich durchs Zimmer, und plötzlich fiel mir auf, daß ich es zum erstenmal sah. Es gibt darin zwei Pritschen, schiefbeinige Stühle ohne Sitzfläche, von der Sonne vergilbte, monatealte Zeitungen, die statt Scheiben vor das Fenster geheftet sind.
Ich ging mit nacktem Oberkörper auf und ab, überdrüssig, seit dem Mittag so dazuliegen und in der verfluchten Hitze zu schnaufen, die sich unter dem Dach sammelt und die sich jetzt, immer gegen Abend, ins Zimmer ergießt. Ich ging mit den Händen auf dem Rücken, hörte die Schlappen auf den Fliesen klatschen und roch abwechselnd an meinen beiden Achselhöhlen. Ich bewegte den Kopf von einer Seite zur anderen, sog die Luft ein, und das ließ auf meinem Gesicht, ich fühlte es, einen angeekelten Ausdruck entstehen. Das unrasierte Kinn schabte über die Schultern.
Ich erinnere mich, daß ich mir vor allem etwas Einfaches vorstellte. Eine Prostituierte zeigte

mir ihre linke Schulter, gerötet, mit abgeschürfter Haut, und sagte:
»Sieh mal, wenn das keine Schweinehunde sind. Am Tag kommen zwanzig, und keiner rasiert sich.«
Sie war eine kleine Frau, mit langen, spitzen Fingern, und sie sagte es, ohne sich zu entrüsten, ohne laut zu werden, in demselben gezierten Tonfall wie bei der Begrüßung an der Tür. Ich kann mich nicht an das Gesicht erinnern; ich sehe nur die Schulter, aufgescheuert von den Bartstoppeln, die immer diese eine Schulter gerieben hatten, nie die rechte, die wunde Haut und die darauf zeigende Hand mit den schlanken Fingern.
Danach schaute ich aus dem Fenster, abwesend, und versuchte herauszufinden, wie das Gesicht der Prostituierten gewesen war. Die Leute im Hof erschienen mir widerwärtiger denn je. Da war, wie immer, die dicke Frau, die im Trog Wäsche wusch und über das Leben und den Ladenbesitzer brummelte, während der Mann vornübergebeugt Mate trank, wobei ihm das weißgelbe Halstuch vor der Brust hing. Der

Kleine kroch auf allen vieren herum, Hände und Maul dreckverschmiert. Er hatte nur ein hochgerutschtes Hemd an, und beim Anblick seines Hinterns ging mir durch den Sinn, daß es Menschen gab, die allen Ernstes imstande waren, dafür Zärtlichkeit zu empfinden.
Ich lief weiter durchs Zimmer, mit kurzen Schritten, damit die Schlappen bei jeder Runde möglichst oft klatschten. Da muß ich mich dann erinnert haben, daß ich morgen vierzig Jahre alt werde. Nie hätte ich mir den vierzigsten Geburtstag so vorstellen können, allein und im Schmutz, eingeschlossen im Zimmer. Aber das machte mich nicht trübsinnig. Nur ein Gefühl der Neugier auf das Leben und ein wenig Bewunderung für seine Fähigkeit, einen immer wieder aus der Fassung zu bringen. Nicht einmal Zigaretten habe ich.
Keine Zigaretten, keine Zigaretten. Was ich hier schreibe, sind meine Erinnerungen. Denn ein Mann soll die Geschichte seines Lebens aufschreiben, wenn er die Vierzig erreicht hat, vor allem, wenn ihm interessante Dinge zugestoßen sind. Das habe ich irgendwo gelesen.

Ich fand einen Bleistift und einen Stapel Flugblätter unter Lázaros Bett, und jetzt kümmert mich das alles wenig, der Schmutz, die Hitze und die Jammergestalten im Hof. Es stimmt, ich kann nicht schreiben, aber ich schreibe von mir selbst.

Jetzt spürt man die Hitze weniger, und vielleicht kühlt es in der Nacht ab. Das Schwierige ist, den Ausgangspunkt zu finden. Ich bin entschlossen, nichts aus der Kindheit aufzuschreiben. Als Kind war ich ein Dummkopf: Ich erinnere mich erst Jahre später an mich, auf der Estanzia oder während der Zeit auf der Universität. Ich könnte von Gregorio sprechen, von dem Russen, der tot im Bach aufgefunden wurde, von María Rita und dem Sommer in Colonia. Es gibt tausenderlei Dinge, und ich könnte Bücher damit füllen.

Ich hörte mit dem Schreiben auf, um Licht anzumachen und meine Augen etwas zu erfrischen, die mir brannten. Es muß die Hitze sein. Aber jetzt möchte ich etwas anderes tun. Etwas Besseres als die Geschichte der Dinge, die mir zugestoßen sind. Ich würde gerne die Geschichte einer Seele niederschreiben, von ihr allein, ohne die Ereignisse, auf die sie sich einlassen mußte, ob sie wollte oder nicht. Oder die Träume. Von irgendeinem Alptraum, dem am weitesten zurückliegenden, an den ich mich erinnern kann, bis zu den Abenteuern in der Blockhütte. Als ich auf der Estanzia war, habe ich viele Nächte geträumt, daß ein weißes Pferd auf das Bett sprang. Ich erinnere mich, daß man mir sagte, schuld daran sei José Pedro, weil er mich, bevor ich mich schlafen legte, immer zum Lachen brachte, indem er gegen die elektrische Lampe pustete, um sie auszumachen.

Seltsam, wenn jemand von mir sagen würde, ich sei »ein Träumer«, würde mich das ärgern. Es ist absurd. Ich habe gelebt wie jeder, oder mehr noch. Wenn ich heute von den Träumen reden will, dann nicht, weil ich nichts anderes zu erzählen hätte. Sondern weil ich Lust darauf habe, ganz einfach. Und wenn ich den Traum von der Blockhütte nehme, hat das keinen besonderen Grund. Es gibt andere Abenteuer, die abgerundeter sind, interessanter, besser angeordnet. Aber ich bleibe bei dem von der Hütte, weil es mich zwingt, ein Vorspiel zu erzählen, etwas, das sich vor etwa vierzig Jahren in der Welt der Tatsachen ereignet hat. Das wäre doch kein schlechter Plan, nacheinander ein »Ereignis« und einen Traum zu erzählen. Dann wären wir alle zufrieden.

Es geschah an einem 31. Dezember, als ich in Capurro lebte. Ich weiß nicht, ob ich fünfzehn oder sechzehn Jahre alt war; mit etwas Nachdenken wäre es leicht festzustellen, aber es lohnt nicht. Ana Marías Alter weiß ich ohne Zögern: achtzehn Jahre. Achtzehn Jahre, denn sie starb einige Monate danach und behält dieses Alter, wenn sie nachts die Tür der Hütte öffnet und, ohne ein Geräusch zu machen, zum Blätterbett läuft, um sich darauf auszustrekken.

Es war Silvester, und das Haus war voller Leute. Ich erinnere mich an den Champagner, daran, daß mein Vater einen neuen Anzug trug und daß ich traurig oder wütend war, ohne zu wissen warum, wie immer, wenn Gäste da waren und es hoch herging. Nach dem Essen liefen die Jungen hinunter in den Garten. (Drollig, daß ich »die Jungen« geschrieben habe und nicht »wir Jungen«.) Schon damals hatte ich mit niemandem etwas zu schaffen.

Es war eine heiße Nacht, ohne Mond, mit einem schwarzen Himmel voller Sterne. Aber es war nicht die Hitze von heute nacht in diesem Zimmer, sondern eine Hitze, die sich zwischen den Bäumen bewegte und an einem vorbeistrich wie der Atem eines anderen, der etwas zu uns sagte oder gerade dazu ansetzte.

Ich saß auf einigen Säcken hart gewordenen Portlandzements, allein, und neben mir stand eine Hacke mit einem vom Kalk weißen Stiel. Ich hörte das Gekreisch der Tröten, die sie für diesen Zweck gekauft hatten und die zusammen mit dem Champagner gereicht wurden, um das alte Jahr zu verabschieden. Im Haus wurde Musik gespielt. Ich blieb lange Zeit so sitzen, ohne mich zu bewegen, bis ich das Geräusch von Schritten hörte und das Mädchen sah, das über den Sandpfad entlangkam.

Es mag unglaublich klingen, aber ich erinnere mich genau: Von dem Augenblick an, wo ich Ana María erkannte – an ihrer Art, einen Arm vom Körper abzuwinkeln, und an der Neigung des Kopfes –, wußte ich, was in dieser Nacht geschehen würde. Alles außer dem Ende, auch wenn ich etwas von gleicher Bedeutung erwartete.

Ich stand auf und ging ihr nach, um sie einzuholen, den Plan hatte ich vollständig im Kopf, ich kannte ihn, als handelte es sich um etwas, das uns bereits zugestoßen und dessen Wiederholung unumgänglich war. Sie wich ein wenig zurück, als ich sie am Arm faßte; immer empfand sie mir gegenüber Abneigung oder Furcht.

»Hallo.«

»Hallo.«

Ich sagte ihr etwas über Arsenio, in witzelndem Ton. Sie wurde zunehmend abweisender, beschleunigte ihren Schritt und suchte die Wege zwischen den Bäumen. Ich änderte sofort die Taktik und fing an, mit ernsthafter und freundschaftlicher Stimme Arsenios Loblied zu singen. Einen Moment lang war sie mißtrauisch, mehr nicht. Sie lachte jetzt bei jedem Wort, warf den Kopf nach hinten. Von Zeit zu Zeit vergaß sie sich und stieß mich im Gehen mit der Schulter an, zwei- oder dreimal hintereinander. Ich weiß nicht, wonach das Parfum roch, das sie benutzt hatte. Ich belog sie, ohne sie anzusehen, in der Gewißheit, daß sie mir glauben würde. Ich sagte ihr, daß Arsenio im Gärtnerhäuschen sei, im Vorderzimmer, und am Fenster eine Zigarette rauche, allein. (Warum es wohl nie einen Traum von einem Jungen gegeben hat, der nachts allein raucht, so, an einem Fenster, zwischen Bäumen.) Wir verabredeten, zur Hintertür hineinzugehen und ihn zu überraschen. Sie ging voraus, leicht gebückt, damit man sie nicht sah, mit größter Vorsicht, um kein Geräusch zu machen, wenn sie auf das Laub trat. Ich konnte ihre bloßen Arme betrachten und den Nacken. Es muß irgendeine längst erforschte Obsession geben, die den Nacken der Mädchen zum Gegenstand hat, die leicht nach vorne gebogenen, kindlichen Mädchennacken, mit dem Flaum, der sich nie kämmen läßt. Aber damals betrachtete ich sie nicht mit Verlangen. Sie tat mir leid, ich bemitleidete sie, weil sie so dumm war; weil sie meine Lüge geglaubt hatte; weil sie so voranging, lächerlich, gebückt, das Lachen unterdrückend, das ihr den Mund füllte, wenn sie an

die Überraschung dachte, die wir Arsenio bereiten würden.
Ich öffnete die Tür, langsam. Sie streckte den Kopf hinein; und ihr Körper, so allein, nahm für einen Moment etwas von der Arglosigkeit und der Unschuld eines Tiers an. Sie drehte sich um, blickte mich fragend an. Ich beugte mich vor, berührte fast ihr Ohr:
»Ich hab' dir doch gesagt, im vorderen Zimmer, im andern.«
Jetzt war sie ernst und zögerte, eine Hand an den Türrahmen gelehnt, wie um Schwung zu nehmen und davonzuschnellen. Wenn sie es getan hätte, müßte ich sie das ganze Leben lang lieben. Aber sie trat ein; ich wußte, daß sie eintreten würde, und alles übrige. Ich schloß die Tür. Das Licht einer Laterne fiel durchs Fenster herein und hob aus dem Dämmer den viereckigen Tisch mit dem weißen Wachstuch heraus, die Flinte, die an der Wand hing, den Vorhang aus Kretonne, der die beiden Zimmer trennte.
Sie berührte meine Hand und ließ sie sofort wieder los. Auf Zehenspitzen ging sie zum Vor-

hang und öffnete ihn mit einem Ruck. Ich glaube, daß sie alles auf einen Schlag begriff, ohne zeitlichen Ablauf, auf dieselbe Art, wie mir der Plan gekommen war. Sie machte kehrt und kam verzweifelt bis zur Tür gelaufen.

Ana María war hochgewachsen. Sie ist immer noch groß und von schwerer Gestalt, wenn sie sich in der Hütte ausstreckt und das Blätterbett unter ihrem Gewicht nachgibt. Aber damals schwamm ich noch jeden Morgen am Strand; und ich haßte sie. Sie hatte außerdem das Pech, daß der erste Schlag mich auf der Nase traf. Ich packte sie beim Hals und warf sie nieder. Einmal auf ihr, arbeitete ich mit den Beinen hin und her, bedeckte Ana María, bis sie sich nicht mehr bewegen konnte. Nur der Busen, ihre großen Brüste bewegten sich, verzweifelt vor Wut und Erschöpfung. Ich nahm sie, eine in jede Hand, und quetschte sie. Sie konnte einen Arm freibekommen und grub mir die Fingernägel ins Gesicht. Da suchte ich die demütigendste Liebkosung, die gemeinste. Sie bäumte sich auf, und gleich darauf lag sie still, weinend, mit erschlafftem Körper. Ich erriet, daß sie weinte, ohne das Gesicht zu verziehen. Nie, in keinem Augenblick, hatte ich die Absicht, sie zu vergewaltigen; ich hatte keinerlei Verlangen nach ihr. Ich stand auf, öffnete die Tür und ging nach draußen. Dort lehnte ich mich an die Wand, um auf sie zu warten. Vom Haus kam Musik herüber, und ich begann sie mitzupfeifen.

Sie kam langsam heraus. Sie weinte nicht mehr und trug den Kopf hoch, mit einem Ausdruck, den ich an ihr noch nie bemerkt hatte. Sie ging einige Schritte, schaute auf den Boden, als wenn sie etwas suchte. Dann kam sie so nah, daß sie mich fast berührte. Sie bewegte die Augen von oben nach unten und bedeckte mein Gesicht von der Stirn bis zum Mund mit Blicken. Ich erwartete den Schlag, die Beschimpfung, was es auch sein mochte, noch immer an die Wand gelehnt, die Hände in den Taschen. Ich pfiff nicht, folgte aber im Geist weiter der Musik. Sie näherte sich mir noch mehr und spuckte mich an, sah mir wieder ins Gesicht und lief davon.

Ich rührte mich nicht, und der erkaltende Speichel rann mir langsam über Nase und Backe.

Dann teilte er sich und floß beiderseits am Mund vorbei. Ich ging bis zum eisernen Tor und trat auf die Landstraße hinaus. Ich ging Stunden, bis zum Morgengrauen, als der Himmel sich aufhellte. Mein Gesicht war trocken.

In der Welt der Tatsachen habe ich Ana María erst sechs Monate danach wiedergesehen. Sie lag auf dem Rücken, mit geschlossenen Augen, tot, bei einem Licht, das die Schritte schwanken ließ und den Schatten ihrer Nase leicht bewegte. Aber ich habe es nicht mehr nötig, ihr dumme Fallen zu stellen. Sie ist es, die nachts kommt, ohne daß ich sie rufe, ohne daß ich weiß, woher. Draußen fällt der Schnee, und der Sturm fährt lärmend durch die Bäume. Sie öffnet die Hüttentür und kommt hereingelaufen. Nackt streckt sie sich auf dem Sackleinen des Blätterbetts aus.

Aber das Abenteuer verdient mindestens die gleiche Aufmerksamkeit wie das Ereignis jener Silvesternacht. Immer hat es ein Vorspiel, fast nie dasselbe. Es ist in Alaska, in der Nähe des Kiefernwaldes, wo ich arbeite. Oder in Klondike, in einer Goldmine. Oder in der Schweiz, in mehreren Tausend Metern Höhe, in einem Chalet, wo ich mich verborgen habe, um ungestört mein Meisterwerk zu beenden. (An einem ähnlichen Ort hielt sich Ivan Bunin auf, sehr arm, als er an einem Jahresende die Nachricht erhielt, daß man ihm den Nobelpreis verliehen hatte.) In jedem Fall aber ist es eine Gegend mit Schnee. Noch ein Hinweis: Ich weiß nicht, ob Holzhütte und Blockhütte Synonyme sind; ich habe kein Wörterbuch und noch weniger jemanden, den ich fragen könnte. Da ich einen dürftigen Stil vermeiden möchte, werde ich beide Wörter abwechselnd verwenden.

In Alaska war ich jene Nacht bis um zehn in der Taverne »Zum doppelten Kleeblatt«. Wir haben den Abend mit Kartenspielen, Rauchen und Trinken verbracht. Wir sind immer dieselben vier. Wright, der Wirt, der Sheriff Maley und Raymond, *der Rote,* immer gleichmütig und an einer langen Pfeife saugend. Wir lachen über Maleys Kniffe, der imstande ist, ein *full house* mit Assen mit einem As-Poker zu übertrumpfen. Aber niemals ärgern wir uns; es wird um Münzen gespielt, und wir wollen nur einen gemütlichen Abend zusammen verbringen. Pünktlich um zehn stehe ich auf, zahle meine Zeche und beginne mich anzuziehen. Man muß sich wieder die Felljacke, die Mütze, die Handschuhe überziehen und den Revolver einstekken. Ich nehme einen letzten Schluck, um mich gegen die Kälte draußen zu wappnen, grüße in die Runde und mache mich mit dem Schlitten auf den Weg nach Hause. Manchmal versucht man mich zu überfallen, oder ich entdecke

Diebe im Sägewerk. Aber im allgemeinen ist diese Fahrt uninteressant, und ich habe sogar schon geschafft, sie zu übergehen und nur eben einen kurzen Augenblick davon zu bewahren, wo ich das Gesicht zum Himmel erhebe, den Mund zusammengepreßt, die Augen halb geschlossen, und denke, daß wir sehr bald einen Schneesturm haben werden, der mich auf dem Weg überraschen kann. Zehn Jahre Alaska geben mir das Recht, mich nicht zu irren. Ich treibe die Hunde an und setze die Fahrt fort.

Nachher bin ich in der Hütte. Ich schließe die Tür – ohne sie zu verriegeln natürlich – und hocke mich vor den Kamin, um Feuer zu machen. Das gelingt mir im Nu; in dem Abenteuer mit den zehntausend Stück Vieh hat mir ein Indianer eine Methode beigebracht, wie man rasch Feuer machen kann, selbst im Freien. Ich betrachte die Bewegungen der Flammen und nähere mich der Hitze mit der Brust, den Händen, den Ohren. Für einen Augenblick verharre ich reglos, fast hypnotisiert und ohne etwas zu sehen, während das Feuer vor meinen Augen hin und her wogt, aufsteigt, verschwindet, sich wieder tanzend erhebt, dabei mein vorgebeugtes Gesicht beleuchtet und es mit seinem roten Licht modelliert, bis ich die Form meiner Backenknochen, die Stirn, die Nase fast so klar fühlen kann, wie wenn ich mich in einem Spiegel sähe, aber auf eine tiefere Weise. Da öffnet sich dann die Tür, und das Feuer duckt sich wie ein Busch und weicht ängstlich vor dem Wind zurück, der die Hütte ganz ausfüllt. Ana María kommt hereingelaufen. Ohne mich umzudrehen, weiß ich, daß sie es ist und daß sie nackt ist. Wenn sich die Tür wieder geräuschlos schließt, liegt Ana María bereits auf dem Blätterbett und wartet.

Langsam, mit dem gleichen behutsamen Schritt, mit dem ich mich den Waldvögeln nähere, um sie zu beobachten, wenn sie sich im Fluß baden, gehe ich zum Bett. Von oben, regungslos und ohne sie anzusprechen, betrachte ich ihre Wangen, die sich allmählich mit Blut füllen, die tausend Tröpfchen, die auf ihrem Körper glitzern und sich mit den Flammen im Kamin bewegen, die Brüste, die zu oszillieren scheinen, wie wenn das Licht einer Kerze

flackerte, von stillen Schritten ins Wanken gebracht. Das Gesicht des Mädchens hat dann einen offenen, freien Blick, und es lächelt mir zu, fast ohne die Lippen zu öffnen.
Nie sprechen wir miteinander. Langsam, ohne den Blick von ihr zu lassen, setze ich mich auf die Bettkante und hefte die Augen auf das schwarze Dreieck, worin noch der Sturm glitzert. Da, genau da beginnt das Abenteuer. Das ist das Abenteuer der Blockhütte.
Ich betrachte Ana Marías ganz leicht gerundeten Bauch; das Herz beginnt mir wie wahnsinnig zu schlagen, und ich beiße mit aller Kraft auf den Pfeifenstiel. Denn sachte fangen die schweren Schenkel an zu zittern, zu beben, wie zwei Wasserarme, über die der Wind streicht, und teilen sich dann, kaum merklich, sachte. Draußen muß der schwarze Sturm sich winden, zwischen den glänzenden Bäumen hin und her fahren. Ich spüre die Hitze des Kamins im Rükken, halte die Augen fest auf die kurvige Linie gerichtet, die die Schenkel trennt und sich erweitert wie der Spalt einer Tür, die der Wind eines Nachts im Frühling aufstößt. Manchmal,

immer noch ohne mich zu regen und mit unbewegtem Gesicht, glaube ich die kleine Kerbe des Geschlechts zu sehen, das schwache, undeutliche Lächeln. Aber das Feuer tanzt und bewegt trügerisch die Schatten. Sie liegt weiter da mit den Händen unter dem Kopf, mit ernstem Gesicht, und bewegt sich nur im trägen Wiegen ihrer Beine.

Ich bin zum Essen runtergegangen. Dieselben Gesichter wie immer, Hitze in den überall mit Fahnen bedeckten Straßen und etwas zuviel Salz im Essen. Ich habe Lorenzo dazu gebracht, daß er mir ein Päckchen Zigaretten anschreibt. Wie das Radio im Restaurant meldet, hat Italien eine halbe Million Soldaten in Richtung auf die jugoslawische Grenze in Bewegung gesetzt; es wird wohl Krieg geben. Erst jetzt entsinne ich mich an Lázaros Existenz, und es kommt mir seltsam vor, daß er noch nicht zurück ist. Sie werden ihn wegen Trunkenheit eingesperrt haben, oder irgendeine Maschine hat ihm den Kopf abgerissen in der Fabrik. Vielleicht hat er auch eines seiner berühmten Zellentreffen. Der Arme. Ich lese durch, was ich gerade geschrieben habe, ohne wirklich darauf zu achten, weil ich fürchte, sonst alles zu zerstören. Seit Stunden schreibe ich nun, und ich bin zufrieden, denn ich werde nicht müde und langweile mich nicht. Ich weiß

nicht, ob das hier interessant ist, es ist mir auch egal.
Da endet das Abenteuer in der Blockhütte. Ich will sagen, das ist es, nichts weiter als das. Was ich fühle, wenn ich die nackte Frau auf dem Lager betrachte, läßt sich nicht sagen, kann ich nicht sagen, ich kenne die Wörter nicht. Dies – was ich fühle – ist das wahre Abenteuer. Dann scheint es doch idiotisch, gerade das zu erzählen, was weniger interessant ist. Aber es ist etwas Schönes, da bin ich sicher, an einem Mädchen, das unerwartet in einer Sturmnacht zurückkehrt, nackt, um in einem Haus aus groben Brettern unterzuschlüpfen, das man selbst gezimmert hat, so viele Jahre danach, fast am Ende der Welt.

Nur zweimal habe ich über die Abenteuer mit jemandem gesprochen. Ich erzählte einfach davon, offenherzig, voller Begeisterung, wie ich einen außergewöhnlichen Traum erzählen würde, wenn ich ein Kind wäre. Was bei diesen Vertraulichkeiten herauskam, hat mich beide Male angewidert. Es gibt niemanden, der eine reine Seele hätte, niemanden, vor dem man sich ohne Scham entblößen könnte. Und jetzt, wo alles hier steht, wo das Abenteuer der Blockhütte aufgeschrieben ist und wo so viele Menschen, wie man wollte, es lesen könnten...
Zuerst Cordes und danach diese Frau vom »Internacional«. Natürlich kann ich es ihnen nicht verübeln, und wenn Demütigung dabei war, dann so geringfügig, so schnell vergessen, daß es keine Bedeutung hat. Ohne es mir vorzunehmen, habe ich mich an die beiden einzigen Arten Mensch gewandt, die verstehen könnten. Cordes ist Dichter, die Frau, Ester, eine Prostituierte. Und trotzdem...

Es gibt zwei Dinge, die ich klarstellen möchte, ein für allemal. Leider ist es nötig. Erstens, auch wenn das Abenteuer der Blockhütte erotisch ist, vielleicht sogar zu sehr, ist es doch nur eines unter tausend, nicht mehr. Nicht der Schatten einer Frau in den anderen. Weder in *Napoleons Rückkehr* noch in der *Bucht von Arrak*, noch in den *Abenteuern des John Morhouse*. Ich könnte ein Buch mit Titeln füllen. Man kann auch nicht sagen, daß ich für irgendeines unter ihnen eine Vorliebe hätte. Jedes kommt, wie es will, ohne irgendwelchen Zwang, und es entsteht bei jedem Besuch aufs neue. Und zweitens, daß sich mein Leben nicht darauf beschränkt; daß ich nicht den Tag damit zubringe, mir Sachen auszudenken. Ich lebe. Gerade gestern bin ich wieder mit Hanka in eines der Séparées des »Forte Makallé« gegangen. Ich erinnere mich, daß ich eine komische Traurigkeit über meinen mangelnden Sinn fürs »Volkstümliche« empfand. Mich nicht an den Inschriften der Plakate erfreuen zu können, zu wissen, daß es da eine Form der Fröhlichkeit gab, und es nur zu wissen, nicht mehr.

Wir waren allein, nicht einmal Nachbarn zum Belauschen, wie an dem Abend neulich, wo diese Frauenstimme sagte:
»Hör mal, weil ich eine Nutte bin, macht es mir noch lange keinen Spaß, zuzusehen, wie andere sich herumsuhlen. Brauchst gar nicht protzen, als ob die, wo die größten Latschen haben, am besten Fußball spielen könnten. Ich weiß, wovon ich rede. Nämlich ein Mann, der liebt, bringt niemand um, egal, was die mit dem machen.«
Wir konnten ihr Gesicht nicht sehen. Das war ein Streit zwischen Prostituierten und ihren Mackern, wo es darum ging, ob die Frau, die Juan verläßt, um mit Pedro zu gehen, das Recht hat oder nicht, die Kleider mitzunehmen, die ihr Juan geschenkt hat. Und ob Pedro sie mit den Kleidern akzeptieren kann. Die Frau machte mir den Eindruck einer gewöhnlichen Intelligenz. Alle lassen sich von Nützlichkeitserwägungen leiten; diese Leute aber verhandelten eine Ehrensache, die Ehre des Clans: ob es »korrekt« für einen richtigen Kerl war oder nicht, eine Frau mit den Kleidern zu akzeptie-

ren, die ihr ein anderer gekauft hat. Es waren zwei Paare, und eins davon ging zwei- oder dreimal nach draußen, damit die Zurückgebliebenen in aller Offenheit diskutieren konnten. Während die Wörter der Nachbarn durch das Gitterwerk der Séparées drangen, war es nötig, Hanka zu streicheln, indem ich mich daran erinnerte, was ich tue, wenn ich Verlangen spüre. Und an diesem Abend geschah dasselbe. Absurd ist nicht, mich mit ihr zu langweilen, sondern sie entjungfert zu haben, vor kaum dreißig Tagen. Alles ist eine Frage des Geistes, wie die Sünde. Eine Frau bleibt einem ewig verschlossen, trotz allem, wenn man sie nicht mit der Gesinnung eines Vergewaltigers besessen hat.
In das mit Gitterwerk und Schlingpflanzen abgeteilte Séparée drang ungehindert die Kälte ein. Ich erinnere mich, daß die Stimmen, die herüberklangen, ein Gefühl von Einsamkeit mit sich brachten, von menschenleerer Pampa. In die ziemlich kaputte Backsteinwand war ein Leitungsrohr eingelassen. Die Bierflasche war leer, der Tisch und die Stühle, aus Eisen, schmutzig von Staub und voller Flecken.

Warum gab ich auf all das acht, ich, für den weder das Elend noch die Annehmlichkeit, noch die Schönheit der Dinge von Bedeutung sind?
Natürlich haben wir zu guter Letzt von Literatur geredet. Hanka sagte Sinnvolles über den Roman und über die Umsetzung von Romanen in Musik. Was für eine Realitätskraft haben doch die Gedanken von Leuten, die wenig denken und die vor allem nicht faseln. Zuweilen sagen sie »Guten Tag«, aber auf was für eine intelligente Art. Wir haben auch über das Leben gesprochen. Hanka hat dreihundert Pesos im Monat, oder so etwa. Sie tut mir sehr leid. Ich war ruhig und sagte ihr, daß mir alles ganz egal sei, daß ich eine milde Gleichgültigkeit gegenüber allem hätte. Sie sagte, Huxley sei ein Gehirn, das vom Körper getrennt lebe, wie das Hühnerherz, das Lindbergh und Dr. Alexis Carrel aufbewahren; danach fragte sie mich:
»Aber warum akzeptieren Sie nicht, daß Sie sich nie mehr verlieben werden?«
Das stimmte; ich mag es nicht akzeptieren, weil mir scheint, daß ich sonst jegliche Begeisterung

verlieren würde, daß die vage Hoffnung, mich zu verlieben, mir etwas Vertrauen ins Leben gibt. Ich habe nichts anderes mehr zu hoffen. Hanka ist zwanzig Jahre alt; am Ende bekam sie einen Zärtlichkeitsanfall, und ich mußte ihre Schulter als Kissen akzeptieren. Sie mag sich vorgestellt haben, daß sie außer meinem Kopf so etwas wie die unendliche Verzweiflung oder was weiß ich zu tragen hatte. Nachher auf der Rambla sagte ich ihr, daß unser Verhältnis lächerlich sei und daß es besser wäre, wenn wir uns nicht mehr sähen. Darauf antwortete sie, ich hätte recht, wenn man es genau bedenke, und sie werde sich einen Mann suchen, der wie ein Tier sei. Ich wollte ihr nichts sagen, aber die Wahrheit ist, daß es solche Menschen nicht gibt – gesund wie ein Tier. Es gibt nur Männer und Frauen, die Tiere sind.

Hanka langweilt mich; wenn ich an die Frauen denke... Abgesehen vom Fleisch, das man nie ganz in Besitz nehmen kann, was haben sie mit uns gemein? Ich könnte Freund nur von Electra sein. Immer erinnere ich mich an einen Abend, wo ich betrunken war und mit ihr zu plaudern begann, während wir ein Foto betrachteten. Ihr Gesicht ist wie ihr Verstand, etwas verächtlich, kühl, verborgen und trotzdem frei von Kompliziertheit. Manchmal scheint mir, daß sie ein vollkommenes Wesen ist, und das schüchtert mich ein; nur was in mir sentimental ist, lebt, wenn ich an ihrer Seite bin. Es ist alles ein bißchen verhangen, todtraurig, wie wenn ich zufrieden wäre, warm eingehüllt und mit etwas Lust zu weinen.

Warum habe ich einige Zeilen zuvor von Verständnis gesprochen? Keines dieser schmutzigen Tiere kann irgend etwas verstehen. Es ist wie bei einem Kunstwerk. Nur auf einer Ebene kann man es begreifen. Das Schlimme ist, daß ein Traum nicht durchdringt; man hat noch nicht die Form gefunden, um ihn auszudrükken, der Surrealismus ist Rhetorik. Nur man selbst, in der Traumzone der eigenen Seele, ab und zu. Was bedeutet es, daß Ester nicht verstanden hat, daß Cordes mißtrauisch war? Das mit Ester, das, was mir mit ihr passiert ist, interessiert, denn sobald ich vom Traum sprach, vom Abenteuer (ich glaube, es war dasselbe, das mit der Blockhütte), wurde alles, was vorher war, und sogar mein Verhältnis mit ihr, das einige Monate zurücklag, verändert, wurde ganz, eingehüllt in einen ziemlich dichten Nebel, so wie der, der undurchdringlich die Erinnerung an geträumte Dinge umgibt.

Ich weiß nicht, ob es mehr oder weniger als ein Jahr her ist. Es war in den Tagen, als der Prozeß zu Ende ging; ich glaube, der Urteilsspruch stand kurz bevor. Ich war noch bei der Zeitung angestellt und ging nachts ins »Internacional«, in der Calle Juan Carlos Gómez, beim Hafen. Es ist eine finstere, unwirtliche Kaschemme, mit Matrosen und Frauen. Frauen für Matrosen, dicke, braunhäutige, schmierige Frauen, die beim Sitzen die Beine spreizen müssen und die Männer auslachen, die die Sprache nicht verstehen, und sich dabei schütteln, eine Hand mit schwarzen Nägeln auf dem knalligen Tuch gespreizt, das sie um den Nacken haben. Denn einen Hals, den haben die Kinder und die jungen Mädchen.

Sie lachen über die blonden, ewig betrunkenen Männer, die unverständliche Lieder vor sich hin summen, unterbrochen vom Schluckauf, und die sich an die Hände der schmutzigen Weiber klammern. An der Hinterwand breiten

sich die Tische der Luden aus, die aufmerksam und melancholisch, die Kippe im Maul, die Nacht kommentieren und andere abgelebte Nächte, die manchmal im matschigen Sägemehl erscheinen, fast immer, wenn es regnerisch ist und die Mauern sich blähen und so was wie den Luftzug aus einem Keller aufsaugen.
Ester kostete zwei Pesos, einen für sie und einen fürs Hotel. Wir waren schon Freunde. Sie grüßte mich von ihrem Tisch, indem sie zwei Finger an die Schläfe legte, machte ein paar Runden, wobei sie betrunkene Köpfe tätschelte und ernst Grüße mit anderen Frauen austauschte, und dann kam sie, um sich zu mir an den Tisch zu setzen. Nie waren wir zusammen weggegangen. Sie war ebenso dumm wie die anderen, habgierig, kleinlich, vielleicht etwas weniger schmutzig. Aber sie wirkte jünger, die dicken weißen Arme dehnten sich milchig im Licht der Kaschemme, gesund und anmutig, wie wenn sie, als sie im Leben unterging, noch die Hände in einer verzweifelten, hilfesuchenden Geste hochgerissen hätte, wie die Ertrinkenden mit den Armen rudernd, und diese

wären zurückgeblieben, fern in der Zeit, Mädchenarme, losgelöst vom langen, nervigen Körper, der nicht mehr existierte.

»Na, was machst du, verrückter Kerl?«

»Nichts... man schlägt sich so durch. Ich zahle einen Tee. Und nichts weiter.«

»Ich hab' dich auch um nichts gebeten, du Penner.«

Lachend gab sie mir einen Puff auf die Krempe, daß der Hut sich in den Nacken schob. Die Schultern sehr viel dicker als die Arme, rund und vorspringend wie die Schultern eines Boxers, aber weiß, glatt, gepudert und parfümiert. Sie rief den Kellner und bestellte einen Kirsch.

Eines Nachts – es war auch eine Regennacht, und die Tische im Hintergrund waren besetzt und schweigsam, mürrisch –, als sich ein junger Mann, der sich wie eine Frau bewegte, damit amüsierte, Walzer auf dem Klavier zu spielen, und dabei ab und zu ein Halbliterglas hob, während er die Melodie mit einem einzigen Finger gedämpft weiterführte, und trank und lachte:

»Cheerio!«
– in dieser Nacht sagte ich zu ihr, daß ich nie mit ihr gehen würde für Geld, dazu sei sie zu hübsch, so ganz anders als all diese dicken fetten Frauen.
»Frauen für Matrosen; und ich, Gott sei Dank...«
Die Stimme des Jungen am Klavier, als er »Cheerio!« sagte und den halben Liter hoch hielt, war auch die einer Frau.
Was mochte sie denken? Andererseits ist es möglich, daß ich nicht aufrichtig gewesen bin und das nur so dahingesagt habe für sie, wie einen Witz. Aber Ester zog die Schultern hoch und schnitt eine zynische Grimasse, die keinerlei Bezug zu ihren Armen hatte, eine Grimasse, die plötzlich, wie ein beharrlich gehütetes Familiengeheimnis, ihre Verwandtschaft mit den Frauen von dunkler Haut offenbarte, die sich lachend auf den Stühlen wiegten.
»Ach komm, Junge! Du glaubst wohl, ich bin so dämlich...«

Von da an nahm ich mir vor, sie umsonst zu bekommen. Ich sagte ihr nie etwas davon, bat sie um nichts. Wenn sie mich aufforderte, mitzukommen, schüttelte ich traurig den Kopf.
»Nein. Mit Bezahlen nie. Begreif doch, daß es mit dir auf diese Art nicht geht.«
Sie beschimpfte mich und ging. Immer seltener kam sie an meinen Tisch. In manchen Nächten – sie war damals oft betrunken und vielleicht krank, immer verbrauchter, gewöhnlicher, während sich die Arme und vor allem die runden gepuderten Schultern wie Ströme von Milch zwischen den Tischen bewegten, auf dem dürftigen Licht des Saals entlanggleitend – grüßte sie mich nicht einmal. Immer weniger interessierte mich die Sache, und ich ging nur noch aus Gewohnheit hin, weil ich keine Freunde hatte und nichts zu tun, und um drei Uhr morgens, wenn die Arbeit in der Zeitung beendet war, fühlte ich mich nicht imstande, allein auf mein Zimmer zu gehen.

Zu der Zeit kamen mich keine Ereignisse im Bett vorm Einschlafen besuchen; die wenigen Bilder, die auftauchten, waren idiotisch. Ich hatte sie schon tagsüber oder etwas früher gesehen. Es wiederholten sich Gesichter von Leuten, die mich nicht interessierten, in Umgebungen ohne Geheimnis. Der Urteilsspruch im Scheidungsprozeß stand kurz bevor; man hatte die Beweiserhebung eröffnet, und ich war ein einziges Mal hingegangen. Ich konnte es nicht ertragen. Mir war das Ergebnis gleichgültig, entschlossen wie ich war, nicht mehr mit Cecilia zu leben; und was zum Teufel scherte es mich, ob irgendein Esel nun sie oder mich für schuldig erklärte? Um uns ging es längst nicht mehr. Alt, müde, jeden Tag weniger vom Leben verstehend, hatten wir nichts mehr damit zu tun. Es ist immer diese absurde Gewohnheit, daß man Personen mehr Bedeutung beimißt als Gefühlen. Ich finde keinen anderen Ausdruck. Ich will sagen: mehr Bedeutung dem Instrument als der Musik.

Es hatte etwas Wunderbares gegeben, durch uns geschaffen. Cecilia war ein Mädchen, sie

trug Kleider mit Frühlingsblumenmuster, winzige Handschuhe und benutzte durchscheinende Batisttaschentücher, in deren Ecken Kinderzeichnungen gestickt waren. Wie ein Kind war die Liebe aus uns hervorgegangen. Wir nährten sie, aber sie hatte ihr eigenes Leben. Sie war besser als Cecilia, viel besser als ich. Wie konnte man sich mit diesem Gefühl vergleichen wollen, mit dieser Atmosphäre, die mich zwang, eine halbe Stunde nach Verlassen des Hauses verzweifelt zurückzukehren, um mich zu vergewissern, daß sie nicht in meiner Abwesenheit gestorben war? Und Cecilia, die die verschiedenen Sorten Rindfleisch auseinanderhalten und ernsthaft mit dem Fleischer streiten kann, wenn der sie bemogelt – hat sie etwas mit dem zu tun, das sie Tag für Tag in der Eisenbahn eine dunkle Brille aufsetzen ließ, kurz bevor wir heirateten, »weil niemand die Augen sehen durfte, die mich nackt gesehen haben«?
Die Liebe ist wunderbar und absurd und sucht, unverständlicherweise, jede Art von Seele auf. Aber absurde und wunderbare Menschen gibt es nicht im Überfluß; und die es sind, sind es für

kurze Zeit, in der ersten Jugend. Danach beginnen sie zu akzeptieren und verlieren sich. Ich habe gelesen, daß bei Frauen die Intelligenz mit zwanzig oder fünfundzwanzig zu wachsen aufhört. Ich habe keine Ahnung von der Intelligenz der Frauen, und sie interessiert mich auch nicht. Aber der Geist der Mädchen stirbt ungefähr in diesem Alter. Jedenfalls stirbt er immer; am Schluß sind sie alle gleich, mit einem ekelhaften Sinn fürs Praktische, mit ihren materiellen Bedürfnissen und dem blinden, dunklen Wunsch, ein Kind zu gebären. Wenn man das bedenkt, versteht man auch, warum es keine großen Künstlerinnen gibt. Und wenn einer ein Mädchen heiratet und eines Tages neben einer Frau aufwacht, versteht er womöglich, ohne Abscheu, die Seele der Mädchenschänder und die sabbernde Zärtlichkeit der Alten, die an den Schulecken mit Süßigkeiten warten.

Die Liebe ist etwas zu Wunderbares, als daß man sich beim Schicksal zweier Personen aufhalten könnte, deren einziges Verdienst es war, sie zu besitzen, auf unerklärliche Weise. Was mit Don Eladio Linacero und Doña Cecilia Huerta de Linacero geschehen mag, interessiert mich nicht. Es genügt, die Namen hinzuschreiben, und man spürt das Lächerliche von alledem. Um die Liebe ging es, und die war bereits beendet, da gab es weder eine erste noch eine zweite Instanz, sie war schon lange tot. Was soll mir da der Rest. Aber im Gerichtsprotokoll steht etwas, das ich nicht vergessen kann. Ich versuche nicht, mich zu rechtfertigen; sollen die Gerichtsratten schreiben, was sie wollen. Die Schuld liegt allein bei mir: Ich interessiere mich nicht fürs Geldverdienen oder für ein komfortables Haus mit Radio, Kühlschrank, Geschirr und einem tadellosen WC. Die Arbeit ist für mich eine widerliche Dummheit, der man nur schwer entgehen kann. Die wenigen

Leute, die ich kenne, sind es nicht wert, daß ihnen die Sonne ins Gesicht scheint. Sollen sie doch machen, was sie wollen, die ganze Welt und Doña Cecilia Huerta de Linacero.

Aber in dem Protokoll wird aufgeführt, daß ich eines Nachts Cecilia aufgeweckt und sie »unter Drohungen gezwungen habe, sich anzuziehen, und sie bis zur Kreuzung Rambla/Calle Eduardo Acevedo gebracht« habe. Dort hätte ich mich »anormalen Handlungen gewidmet und sie gezwungen, sich zu entfernen und dann wieder zu mir hinzugehen, mehrere Male hintereinander, und sinnlose Sätze zu wiederholen«. Man sagt, es gebe verschiedene Arten zu lügen; aber die widerwärtigste von allen ist die, die Wahrheit zu sagen, die ganze Wahrheit, und dabei die Seele der Tatsachen zu verbergen. Denn die Tatsachen sind immer leer, sie sind die Gefäße, die die Form des Gefühls annehmen, das sie ausfüllt.

In jener Nacht waren wir zu Bett gegangen, ohne miteinander zu sprechen. Ich lag da und las, ich weiß nicht was, und manchmal sah ich aus den Augenwinkeln mit an, wie Cecilia dabei war, einzuschlafen. Sie hatte einen trägen, süßen, fast fröhlichen Ausdruck im Gesicht, einen Ausdruck von früher, als sie sich Ceci nannte, für die ich ein genaues Bild entworfen hatte, an das man sich nicht mehr erinnern konnte. Nie gelang es mir, vor ihr einzuschlafen. Ich legte das Buch beiseite und begann sie zu streicheln, mit einer Art monotonem Streicheln, das den Schlaf herbeilockt. Immer hatte ich Angst, vor ihr einzuschlafen, ohne den Grund zu wissen. Auch wenn ich sie anbetete, war es ein wenig wie dem Feind den Rücken zu bieten. Ich konnte den Gedanken nicht ertragen, einzuschlafen und sie in der Dunkelheit zu lassen, bei klarem Verstand, absolut frei, noch lebendig. Ich wartete darauf, daß sie vollständig einschliefe, streichelte sie immer weiter und beobachtete, wie sich der Schlaf im plötzlichen Zucken der Knie und im neuen, fremden, etwas dunklen Geruch ihres Atems spürbar machte. Danach löschte ich das Licht und drehte mich erwartungsvoll um, offen für den Strom der Bilder.

Aber in jener Nacht kam kein Abenteuer, um mich für den Tag zu entschädigen. Unter meinen Augenlidern stellte sich hartnäckig ein schon fernes Bild wieder ein. Natürlich war es die Rambla auf Höhe der Calle Eduardo Acevedo, an einem Sommerabend, bevor wir heirateten. Ich wartete auf sie, ans Geländer gelehnt, im Schatten, der intensiv nach Meer roch. Und sie kam die abschüssige Straße herab, mit den großen, leichtfüßigen Schritten, die sie damals hatte, in einem weißen Kleid und mit einem Hütchen, das schräg auf einem Ohr saß. Der Wind verfing sich in ihrem Kleid, brachte sie aus dem Tritt und machte, daß sie sich ein wenig neigte, wie ein Segelschiff, das aus der Nacht auf mich zukam. Ich versuchte, an etwas anderes zu denken, aber kaum ließ ich mich treiben, sah ich die Straße, vom Schatten der

Mauer aus, und das Mädchen, Ceci, wie es im weißen Kleid die Straße herunterkommt.
Da hatte ich diese idiotische Idee, wie eine Obsession. Ich weckte sie auf; sagte ihr, sie müsse etwas Weißes anziehen und mich begleiten. Es gab eine Hoffnung, eine Möglichkeit, Netze auszuwerfen und die Vergangenheit und die Ceci von früher einzufangen. Ich konnte ihr nichts erklären; es war notwendig, daß sie ohne Vorsatz bliebe, nicht erführe wozu. Ebensowenig durfte ich Zeit verlieren, die Stunde des Wunders war jetzt, sofort. Das alles war zu sonderbar, und ich muß wie ein Wahnsinniger ausgesehen haben. Sie hatte Angst, und wir gingen los. Mehrere Male ging sie die Straße hinauf und kam dann auf mich zu in dem weißen Kleid, in dem sich der Wind verfing und sie dazu brachte, sich zu neigen. Aber dort oben, auf der steilen Straße, war ihr Schritt anders, gesetzt und vorsichtig, und das Gesicht, mit dem sie näher kam, war beim Überqueren der Rambla unter der Straßenlaterne ernst und bitter. Es war nichts zu machen, und wir kehrten zurück.

Aber auch das hat nichts zu tun mit dem, was ich eigentlich sagen möchte. Ich glaube, Cecilia hat wieder geheiratet, und möglicherweise ist sie glücklich. Ich erzählte gerade die Geschichte von Ester. Der Abschluß fand ebenfalls in einer Regennacht statt, als keine Schiffe im Hafen lagen. Die Kaschemme war fast leer. Sie kam zu meinem Tisch und blieb ungefähr eine Stunde, ohne zu sprechen. Es gab keine Musik. Danach lachte sie und sagte:

»Wenn du nicht mitkommen und bezahlen willst, dann zahlst du mir gar nichts. Ist doch am besten, oder?«

Sie holte einen Peso hervor und zahlte die Kirschschnäpse, die sie getrunken hatte. Ich achtete nicht auf sie. Nach einer Weile sagte sie:

»Sag... Und wenn ich tatsächlich so verrückt wäre?«

»Das heißt?«

»Na ja, du bist wirklich ein Dickschädel. An

Sturheit übertrifft dich keiner. Wenn du willst, gehen wir.«

»Ich will keinen Ärger. Umsonst?«

»Ja, aber glaub nicht, daß für dich jetzt alle Tage Sonntag ist. Einmal und nie wieder. Hör zu, mit dir geh' ich nicht mal mehr, wenn du zahlst.«

Ich hatte überhaupt kein Interesse. Aber da war nichts zu machen, und wir gingen. Sie hatte den Mantel über die Schultern gehängt und ging mit gesenktem Kopf über die vom Wasser glänzenden Bürgersteige. Das Hotel war in Liniers, gegenüber dem Markt. Es nieselte immer noch, wir nahmen kein Taxi, und so stapften wir schweigend vor uns hin. Als wir ankamen, war ihr Kopf ganz naß. Sie schüttelte ihr Haar vor dem Spiegel und zeigte die Zähne, ohne die großen weißen Schultern zu bewegen. Die Nachttischlampe hatte blaues Licht. Ich erinnere mich, daß sie eine Weile zitternd neben mir lag, ihr Körper starr vor Kälte, mit Gänsehaut.

Als sie sich anzog, sagte ich zu ihr aus dem Bett – ich habe nie herausgefunden weshalb –:

»Geschieht dir das nie, daß du dir Dinge ausdenkst vorm Einschlafen oder sonstwo, unge-

wöhnliche Dinge, von denen du gern hättest, daß sie dir passierten?«
Ich habe vage die Empfindung, daß ich sie, als ich das sagte, auf eine gewisse Weise bezahlte. Aber ich bin mir nicht sicher. Sie sagte irgendeine Dummheit, gähnend, wieder vor dem Spiegel. Eine Zeitlang lag ich schweigend da, starrte die Decke an und hörte das Geräusch des Regens auf dem Balkon. Zu uns drangen der Lärm von schweren Fuhrwerken und Hahnenschreie. Ich begann zu sprechen, ohne mich zu bewegen, auf dem Rücken liegend, mit geschlossenen Augen.
»Vorhin habe ich mir ausgedacht, das wäre in Holland alles ringsum, und nicht hier. Ich nenne es *Nederland* aus einem bestimmten Grund. Das erzähle ich dir später. Der Balkon geht auf einen Fluß, auf dem Schiffe vorbeiziehen, ähnlich wie Schuten, mit Holz beladen, und alle haben ein dichtes Segeltuchverdeck, auf das der Regen fällt. Das Wasser ist schwarz, und die Lastkähne ziehen langsam flußabwärts, lautlos, während die Männer mit ihren Bootshaken das Schiff von der Mole abstoßen. Hier

im Zimmer habe ich auf eine Nachricht oder einen Besuch gewartet, manchmal war's ein Besuch, und ich war von drüben gekommen, um mich in dieser Nacht mit dieser Person zu treffen. Denn vor vielen Jahren haben wir einander versprochen, uns in eben dieser Nacht in diesem Hotel zu sehen. Übrigens gibt es noch etwas anderes. Eine Schute ist mit Gewehren beladen, und die will ich durchschmuggeln. Wenn alles gutgeht, stelle ich ein blaues Licht wie dieses hier auf den Balkon, und die von der Schute ziehen unten vorbei und singen auf deutsch etwas, das besagt: ›Heute versinkt mein Herz, und niemals mehr ...‹ Alles geht gut, aber ich bin nicht glücklich. Mir wird mit einem Schlag bewußt, verstehst du?, daß ich in einem Land bin, das ich nicht kenne, wo es immer regnet und wo ich mit niemandem sprechen kann. Ich kann hier im Hotelzimmer plötzlich sterben ...«

»Warum krepierst du denn nicht!«

Sie hatte aufgehört, sich die Haare in Ordnung zu bringen, und sah mich, an den Frisiertisch gelehnt, eigenartig an.

»Darf man erfahren, was du getrunken hast?«
»Gut. Sag mir nur, ob du dir auch so etwas ausdenkst. Irgend etwas Ungewöhnliches.«
»Ich hab' mir schon immer gedacht, daß du nicht ganz richtig bist. Und denkst du dir nicht manchmal aus, wie nackte Frauen zu dir kommen, wie? Kein Wunder, daß du mich nicht bezahlen wolltest! So ist das also mit dir? Was für ein Haufen Widerlinge!«
Sie ging vor mir, und nie haben wir uns wiedergesehen. Sie war eine arme Frau, und es war Schwachsinn, ihr davon zu erzählen. Manchmal denke ich an sie, und es gibt ein Abenteuer, in dem Ester mich besuchen kommt oder wir uns zufällig treffen; wir trinken etwas und reden wie gute Freunde miteinander. Sie erzählt mir dann, was sie träumt oder sich ausdenkt, und immer sind es Dinge von außergewöhnlicher Reinheit, einfach wie Geschichten für Kinder.

Ich bin sehr müde, mein Magen ist leer. Ich habe keine Ahnung, wie spät es ist. Ich habe soviel geraucht, daß mir die Zigaretten zuwider sind und ich aufstehen mußte, um das Päckchen zu verstecken und den Boden ein wenig sauberzumachen. Aber ich will nicht mit dem Schreiben aufhören, bevor ich nicht erzählt habe, was mit Cordes war. Sehr merkwürdig, daß Lázaro noch nicht zurück ist. Jeden Augenblick glaube ich ihn auf der Treppe zu hören, betrunken und darauf aus, mit größerer Wut als je zuvor die vierzehn Pesos von mir zurückzufordern. Vielleicht ist er festgenommen worden, und in diesem Augenblick sind ein paar Kerle, die noch viehischer sind als er, gerade dabei, ihn mit Fragen und Schlägen zum Wahnsinn zu treiben. Der Arme, ich verachte ihn bis auf den Grund meiner Seele, er ist schmutzig und plump, ohne Vorstellungskraft. Er hat eine widerliche Art, sich aufs Bett fallenzulassen und von diesen verfluchten vierzehn Pesos anzufangen, die ich ihm schulde, unermüdlich, mit monotoner Stimme, mit diesen zischelnden S, diesen kehligen R, mit seinem anmaßenden Tonfall eines von Erfahrung triefenden Abkömmlings alter Rasse, für den alle Probleme gelöst sind. Ich hasse ihn, und er tut mir leid; er ist fast ein alter Mann, lebt müde vor sich hin, ißt nicht jeden Tag, und niemand kann sich vorstellen, was er alles ausheckt, um an Zigaretten zu kommen. Und manchmal steht er schon bei Morgengrauen auf, um sich ans erste Licht zu setzen und vor sich hin murmelnd Bücher über Politökonomie zu lesen.

Er hat etwas von einem Affen, wie er da auf seiner Sitzbank kauert, die Fäuste am kurzgeschorenen Kopf, Grimassen schneidet mit seinem Gesicht voller Falten und Haare, die Augen vor Anstrengung fast schielend zwischen den spärlichen Brauen und den schweren Tränensäcken. Wenn ich ganz verbittert bin, was selten vorkommt, zerstreue ich mich, indem ich mit ihm diskutiere und sein Vertrauen in die Revolution zu untergraben versuche, mit hinterlistigen Argumenten – auf plumpe Art böswillig –, die der

Unglückliche aber als berechtigt hinnimmt. Sie ist zum Lachen oder zum Weinen, je nach Augenblick, diese Anstrengung, die es ihn kostet, bis seine steifgewordene Zunge die verzweifelte Arbeit seines Hirns zur Verteidigung der Meinungen und Männer übersetzt hat.

Ich lasse ihn reden, soll er sich von allein verheddern, und betrachte ihn mit höhnischem Lächeln, verziehe ein wenig den Mund zur rechten Seite. Das bringt ihn dann ganz auf und bewirkt, daß er sich noch schneller verstrickt. Natürlich dauert es nicht lange. Schade, denn es amüsiert mich. Lázaro verliert die Geduld, wird wütend und beginnt zu schimpfen.

»Weißt du... Du bist ein..., ein Deklassierter, das bist du. Du, du... Du bist noch widerwärtiger als ein bourgeoises Schwein. Jawohl.«

Das ist der richtige Augenblick, um ihm von dem orientalischen Luxus zu erzählen, in dem die Politkommissare im Kreml leben, und von der unmoralischen Neigung des großen Genossen Stalin für halbwüchsige Mädchen. (Ich habe einen Zeitungsausschnitt, worin irgendein ekelhafter Korrespondent einer nordamerikanischen Zeitung von diesem orientalischen Luxus spricht, von zu Tode gepeitschten Kindern und was weiß ich noch für Schwachsinn. Es ist schon erstaunlich, in was sich die russische Revolution auf dem Weg durch ein Yankee-Kaufmannshirn verwandeln kann; man muß nur die Fotos in den amerikanischen Zeitschriften sehen, nichts weiter als die Fotos, denn lesen kann ich das nicht, um zu begreifen, daß es kein stupideres Volk auf dieser Erde gibt; es kann gar keines geben, denn auch die Kapazität an Dummheit ist begrenzt in der menschlichen Rasse. Und wieviel Schäbigkeit in den Mienen, was für eine abgrundtiefe Plumpheit kommt in den Händen und den Augen ihrer Frauen zum Vorschein, in diesem ganzen Hollywoodpack.)

»Hör zu, mein Alter. Es tut mir leid, weil du ein gutgläubiger Typ bist. Immer sind es die Millionen Tölpel wie du, die zur Schlachtbank gehen. Denk nur mal kurz an all die Juden, die Stalins Bürokratie ausmachen.«

Mehr braucht es nicht. Der arme Kerl malt die Apokalypse an die Wand, erzählt mir vom Tag der Revolution (er hat da einen genialen Satz: »Mit jedem Tag, den sie noch aussteht, ist es weniger lang hin.«) und droht mir an, mich aufzuhängen, mich von hinten erschießen zu lassen, mir die Gurgel von einem Ohr zum anderen durchzuschneiden, mich in den Fluß zu werfen.

Wieder sage ich, daß er mir leid tut. Aber dieses Tier weiß sich auch zu verteidigen. Er versteht es, sich den Mund mit einem Wort zu füllen, um es dann geräuschvoll auszuspucken:

»Du Ver…sager!«

Er sagt es in dem gleichen höhnischen Tonfall, mit dem sich die Kinder auf der Straße beschimpfen, und hinter dem Wort, in der dröhnenden Kehle, ist etwas, das mich mehr empört als alles in der Welt. Da ist ein ausländischer Akzent – Tschechoslowakei, Litauen, irgend so etwas –, ein ausländischer Akzent, der mich vollkommen verstehen läßt, was Rassenhaß sein kann. Ich weiß nicht, ob es sich darum handelt, eine ganze Rasse zu hassen oder jemanden zu hassen mit aller Kraft einer Rasse.

Aber Lázaro weiß nicht, was er sagt, wenn er

mich »Versager« anschreit. Er kann nicht einmal ahnen, was das Wort für mich umfaßt. Der arme Kerl wirft es mir an den Kopf, weil er einmal, zu Beginn unserer Bekanntschaft, auf die Idee kam, mich zu einer Versammlung mit seinen Genossen einzuladen. Er versuchte mich mit Argumenten zu überzeugen, die ich seit zwanzig Jahren kenne und von denen ich seitdem für alle Zeit genug habe. Ich schwöre, daß ich nur aus Mitleid mitgegangen bin, daß nichts als ein tiefes Mitleid, eine übermäßige Furcht, ihn zu verletzen – so als gäbe es in seiner Haltung und in seinem Affenschädel etwas unsagbar Fragiles –, mich dazu brachte, zu seiner famosen Versammlung von Genossen mitzugehen.

Ich lernte viele Leute kennen, Arbeiter, Leute aus den Kühlhäusern, vom Leben gebeutelte, vom Unglück auf unbarmherzige Weise verfolgte Menschen, die sich über das Elend ihres eigenen Lebens erhoben, um in Hinblick auf alle Armen der Welt nachzudenken und zu handeln. Es mag darunter einige gegeben haben, die von Ehrgeiz, Groll oder Neid getrieben wurden. Nehmen wir an, viele, die Mehrheit. Aber in den Leuten aus dem Volk, denen, die das wahre Volk sind, in den Armen, Söhnen von Armen, Enkeln von Armen, ist immer etwas Wesentliches, das nicht verdorben ist, etwas, das aus Reinheit besteht, kindlich, offenherzig, urwüchsig, redlich ist, auf das man sich immer verlassen kann, wenn es schlimm kommt im Leben. Es ist wahr, daß ich nie eine Überzeugung gehabt habe; aber ich wäre weiter zufrieden gewesen bei ihnen, hätte, ohne mir dessen bewußt zu werden, Nutzen aus der Unschuld gezogen, die sie an sich hatten. Später mußte ich mich in andere Milieus begeben und lernte andere Leute kennen, Männer und Frauen, die sich den Gruppen neu angeschlossen hatten. Eine wahre Lawine.

Ich weiß nicht, ob die Einteilung in Klassen zutrifft und ob sie je endgültig sein kann. Aber es gibt auf der ganzen Welt Leute, die die vielleicht zahlenstärkste Schicht jeder Gesellschaft bilden. Man nennt sie »Mittelstand«, »Kleinbürgertum«. Alle Untugenden, welche die anderen Klassen abstoßen können, haben sie aufgegriffen. Es gibt nichts Verächtlicheres, Unnützeres. Und wenn zu ihrer Eigenschaft als Kleinbürger noch die als »Intellektuelle« hinzukommt, verdienen sie, ohne Prozeß hinweggefegt zu werden. Von jedem erdenklichen Standpunkt aus, was immer man auch zum Ziel hat, mit ihnen Schluß zu machen wäre eine Desinfektionsmaßnahme. In wenigen Wochen lernte ich sie hassen; heute kümmern sie mich nicht mehr, aber bisweilen sehe ich zufällig ihre Namen in der Zeitung, am Fuß endloser, schwachsinniger Lügentiraden, und der alte Haß regt sich und wächst wieder.

Alles ist hier vertreten; einige, die sich der Bewegung angeschlossen haben, damit sich der Nimbus des revolutionären Kampfes, oder wie sich das nennt, ein wenig in ihren wundervollen Gedichten widerspiegele. Andere, die sich ganz einfach mit den Studentinnen amüsieren wollten, die reichlich an den antibürgerlichen Masern der Adoleszenz litten. Es gibt einen, der hat einen Packard mit acht Zylindern, Hemden zu fünfzehn Pesos und spricht ohne Skrupel von der kommenden Gesellschaft und von der

Ausbeutung des Menschen durch den Menschen. Die revolutionären Parteien müssen wohl an die besondere Leistungsfähigkeit dieser Leute glauben und meinen, sie bedienten sich ihrer. Im Grunde genommen das Spiel Gibst du mir, so geb' ich dir. Es bleibt die Hoffnung, daß, wenn es ernsthaft losgeht, hier und anderswo auf der Welt, die erste Maßnahme der Arbeiter sein wird, sich endgültig dieses ganzen Gesindels zu entledigen.

Sofort habe ich mich abgekehrt und war wieder allein. Deswegen nennt mich Lázaro einen Versager. Vielleicht hat er recht; andererseits ist es mir herzlich egal. Abgesehen von all dem hier, das nicht im geringsten zählt, was kann man in diesem Land machen? Nichts, nicht einmal sich täuschen lassen. Wenn man eine blonde Bestie wäre, vielleicht würde man Hitler verstehen. In Deutschland gibt es Möglichkeiten für einen Glauben; es hat eine reiche Vergangenheit und eine Zukunft, wie immer die auch sein mag. Wenn einer ein williger Schwachkopf wäre, ließe er sich von der neuen germanischen Mystik mühelos einfangen. Aber hier? Hinter uns gibt es nichts. Ein Gaucho, zwei Gauchos, dreiunddreißig Gauchos.

Doch all das langweilt mich. Mir frieren die Finger, wenn ich mich so zwischen Gespenstern bewege. Ich möchte von dieser Begegnung mit Cordes erzählen; auch er ist das Beispiel eines Intellektuellen, und ich bekenne, daß ich ihn weiterhin bewundere. Er hat Talent, einen untrüglichen Instinkt vielmehr, sich zurechtzufinden zwischen den poetischen Elementen und sofort auszuwählen, ohne nachträglich etwas bearbeiten oder ausbessern zu müssen. Es ist merkwürdig, daß er sich – fast – noch ungeschickter verhalten hat als Ester.
Ich erinnere mich, daß ich zu der Zeit damals sehr allein war – allein gegen meinen Willen – und ohne Hoffnungen. Jeden Tag wurde mir das Leben schwerer. Ich hatte noch nicht die Arbeit bei der Zeitung gefunden, ich hatte mich aufgegeben und ließ mich treiben, gleichgültig, was daraus werden würde. Warum kommen die Ereignisse nicht zu dem, der auf sie wartet und sie aus seiner einsamen Ecke mit ganzem Her-

zen herbeiruft? Sogar die Phantasien nachts wurden mir bitter und liefen ohne Spontaneität ab, nur mit meiner Unterstützung, erzwungenermaßen.
Ich traf Cordes zufällig, und wir kamen abends auf mein Zimmer. Wir hatten einige Gläser Bier getrunken, er kaufte Zigaretten, und ich hatte zum Glück noch etwas Tee. Wir redeten stundenlang, in diesem Zustand überschwenglichen und dennoch sanften Glücks, den nur die Freundschaft gibt und der unmerklich bewirkt, daß zwei Personen Wege durchs Dickicht bahnen und sich hindurchwinden, um zusammenkommen zu können und es mit einem Lächeln zu feiern.
Seit langem hatte ich mich nicht mehr so glücklich, so frei gefühlt, ich sprach mit Begeisterung, stürmisch, ohne Zögern, sicher, verstanden zu werden, und hörte mit der gleichen Intensität zu, versuchte Cordes' Gedanken gleich bei den ersten Worten seiner Sätze zu erraten. Wir tranken Tee, und es muß etwa zwei Uhr nachts gewesen sein, vielleicht später, als Cordes mir einige Verse von sich vorlas. Es

war ein merkwürdiges Gedicht, das danach in einer Zeitschrift in Buenos Aires veröffentlicht wurde. Ich muß den Ausschnitt noch in einem der Koffer haben, aber es lohnt nicht, jetzt danach zu suchen. Es hieß *Das rote Fischchen*. Der Titel ist befremdlich und brachte auch mich zum Lächeln. Aber man muß das Gedicht lesen. Cordes hat viel Talent, das ist nicht zu leugnen. Er kam mir schwankend vor, unentschieden, und vielleicht läßt sich von ihm sagen, daß er sich noch nicht gefunden hatte. Ich weiß nicht, was er heute macht und wie er ist; ich habe nichts mehr von ihm gehört, und seit jener Nacht habe ich ihn nicht mehr gesehen, obwohl er wußte, wo er mich finden konnte.

In dieser Nacht ließ ich den Tee in meinem Glas kalt werden, um ihm zuzuhören. Es war ein langes Gedicht, etwa vier Schreibmaschinenseiten lang. Ich rauchte schweigend, mit gesenktem Blick, ohne etwas zu sehen. Seinen Versen gelang es, das Zimmer, die Nacht und sogar Cordes selbst auszulöschen. Dinge ohne Namen, Dinge, die durch die Welt gingen auf der Suche nach einem Namen, kamen unermüdlich aus seinem Mund oder entsprangen einfach so, an irgendeinem fernen und greifbaren Ort. Es war – dachte ich später – ein Universum, das der schwarzen Tiefe eines Zylinders entsprang. Alles, was ich sagen könnte, wäre armselig und jämmerlich verglichen mit dem, was er in dieser Nacht sagte. Alles war von seinen ersten Versen an verschwunden, und ich war in einer vollkommenen Welt, worin das rote Fischchen in flinken Kurven durchs grünliche Wasser des Teichs schoß, die Algen sanft schaukeln ließ und zum langen, rötlichen Muskel wurde, wenn der Mondstrahl es berührte. Manchmal kam ein frischer, munterer Wind auf und berührte mein Haar. Dann zitterte das Wasser, und das rote Fischchen beschrieb rasende Figuren, versuchte, dem Zustoßen des Mondstrahls zu entrinnen, der in den Teich eindrang und wieder herauskam und dem grünen Herzen des Gewässers nachsetzte. Das Gemurmel eines fernen Chors stieg aus den hohlen Muscheln, die halbvergraben im Sandgrund lagen.

Danach schwiegen wir eine längere Weile. Ich

saß ruhig da, blickte auf den Boden; als der Schatten des letzten Bildes aus dem Fenster verschwunden war, strich ich mir mit der Hand übers Gesicht und murmelte Danke. Er sprach schon von etwas anderem, aber seine Stimme war noch durchdrungen davon, und ich mußte ihn nur hören, um weiter in der Geschichte des roten Fischchens zu schwingen. Mich quälte der Gedanke, es sei unumgänglich, Cordes für sein Gedicht etwas wiederzugeben. Aber was von all dem Papierkram, der meine Koffer füllte, konnte ich ihm anbieten? Nichts lag mir ferner als die Idee, Cordes zu zeigen, daß ich auch zu schreiben verstand. Er hat es nie erfahren, und mich hat das nie beschäftigt. Alles Geschriebene war nicht mehr als ein Haufen Fehlschläge. Unvermittelt fiel mir das Abenteuer der Bucht von Arrak ein. Ich trat lächelnd auf Cordes zu und legte ihm die Hände auf die Schultern. Und ich erzählte ihm – zögernd zuerst, wie das Schiff beim Ablegen noch zögerte – und berauschte mich sogleich an meinen eigenen Träumen.

Die Segel der *Gaviota* vom Wind geschwellt,

die Sonne auf der Ankerkette, die kniehohen Seestiefel, die nackten Füße der Matrosen, die Mannschaft, die Ginflaschen, die in der Kajüte gegen Gläser klirrten, die erste Sturmnacht, die Meuterei in der Nachmittagsstunde, der langgestreckte Körper des Ekuadorianers, den wir bei Sonnenuntergang hängten. Das Schiff ohne Namen, Kapitän Olaff, der Kompaß des Schiffbrüchigen, das zufällige Landen in der Bucht mit weißem Sand, die auf keiner Karte verzeichnet war. Und die Mitternacht, wo Kapitän Olaff, nachdem die Mannschaft an Deck angetreten war, einundzwanzig Kanonenschüsse gegen den Mond abfeuern ließ, der genau zwanzig Jahre zuvor sein Rendezvous mit der Ägypterin mit den vier Ehemännern vereitelt hatte.

Ich sprach rasch, wollte alles erzählen, wollte in Cordes das gleiche Interesse wecken, das ich dabei empfand. Jeder gibt, was er hat. Was sonst konnte ich ihm anbieten? Ich sprach beschwingt und voller Begeisterung, ging manchmal auf und ab oder setzte mich auf den Tisch und versuchte meine Mimik dem anzupassen, was ich gerade erzählte. Ich redete, bis eine dunkle Ahnung mich prüfend in das Gesicht von Cordes schauen ließ. Es war, als stieße ich nachts mitten im Lauf frontal gegen eine Wand. Ich war gedemütigt, zum Narren gemacht. Nicht Verständnislosigkeit war in seinem Gesicht zu lesen, sondern ein Ausdruck von Mitleid und Distanz. Ich weiß nicht mehr, welche feige Witzelei ich machte, um über mich selbst zu spotten und mit dem Sprechen aufzuhören. Er sagte:

»Das ist sehr schön... Ja. Aber ich verstehe nicht recht, ob das Ganze ein Plan für eine Erzählung ist oder so etwas.«

Ich zitterte vor Wut darüber, daß ich mich zum Reden hatte hinreißen lassen, wütend auf mich selbst, daß ich mein Geheimnis gezeigt hatte.

»Nein, kein Plan. Ich habe einen Ekel vor allem, verstehen Sie? Vor den Leuten, dem Leben, vor Gedichten mit steifem Kragen. Ich haue mich in eine Ecke und stelle mir das alles vor. Solche Sachen und Schweinereien, jede Nacht.«

Etwas war tot zwischen uns. Ich zog mir die Jacke an und begleitete ihn einige Blocks weit nach Hause.

Ich bin müde; ich habe die Nacht mit Schreiben verbracht, und es muß schon sehr spät sein. Cordes, Ester und die ganze Welt, ich pfeife drauf. Sollen sie doch denken, was sie lustig sind, was sie in ihrer Beschränktheit denken müssen. Die Wand gegenüber wird langsam weiß, und einige Geräusche, eben erwacht, dringen von fern her. Lázaro ist nicht gekommen, und vielleicht sehe ich ihn erst morgen. Manchmal denke ich, daß dieser Klotz besser ist als ich. Daß letzten Endes er der Dichter und Träumer ist. Ich bin ein armer Mann, der sich nachts zum Schatten der Wand kehrt, um sich unsinnige und wunderliche Sachen auszudenken. Lázaro ist ein Idiot, aber er hat eine Überzeugung, er glaubt an etwas. Dennoch liebt er das Leben, und nur so kann man Dichter sein.

Ich habe das Licht gelöscht und eine Weile stillgelegen. Ich habe die Empfindung, als hätten die Geräusche der Nacht schon seit vielen Stunden aufgehört; seit so vielen, daß die Sonne schon hoch stehen müßte. Die Erschöpfung weckt in mir Gedanken ohne Hoffnung. Es gab eine Botschaft, die meine Jugend ins Leben geschleudert hat; sie bestand aus Worten der Herausforderung und der Zuversicht. Das Wasser muß sie verschlungen haben wie die Flaschen der Schiffbrüchigen. Vor wenigen Jahren glaubte ich, das Glück gefunden zu haben. Ich meinte, einen fast vollkommenen Skeptizismus erreicht zu haben, und war sicher, daß es mir genügen würde, jeden Tag zu essen, nicht nackt herumlaufen zu müssen, zu rauchen und ab und zu ein Buch zu lesen, um glücklich zu sein. Das und was ich im Wachsein träumen könnte, die Augen geöffnet in die schwarzbraune Nacht. Ich wunderte mich sogar, daß ich so lange gebraucht hatte, um das zu entdecken. Aber jetzt fühle ich, daß mein Leben nicht mehr ist als das Vorüberziehen von Bruchstücken der Zeit, eines nach dem anderen, wie das Ticken einer Uhr, rinnendes Wasser, Geldstücke, die gezählt werden. Ich liege da, und die Zeit zieht vorbei. Ich liege gegenüber Lázaros behaartem Gesicht, über dem mit Backsteinen gefliesten Hof, den dicken Frauen, die den Trog saubermachen, den Luden, die rauchen, die Kippe zwischen den Lippen. Ich liege da, und die Zeit schleppt sich hin, gleichgültig, zu meiner Rechten und zu meiner Linken.

Dies ist die Nacht; wer sie so nicht hat fühlen können, der kennt sie nicht. Alles im Leben ist Scheiße, und wir sind Blinde in der Nacht, angespannt und ohne zu verstehen. Im Hintergrund, weit entfernt, ein Chor von Hunden, ein Hahn kräht ab und zu, im Norden, im Süden, an irgendeinem unbekannten Ort. Die Pfiffe der Wachleute wiederholen sich verzerrt und verstummen. Im Fenster gegenüber, quer über den Hof, schnarcht jemand und jammert im Schlaf. Der Himmel ist fahl und ruhig, wacht über Berge von Dunkelheit im Hof. Ein kurzer Laut, wie ein Schnalzen, läßt mich nach oben sehen. Ich bin sicher, eine Falte genau an der Stelle entdecken zu können, wo eine Schwalbe geschrien hat. Ich atme den ersten Luftzug, der das Morgengrauen ankündigt, bis meine Lungen voll sind; kalte Feuchtigkeit berührt mir die Stirn am Fenster. Aber noch die ganze Nacht, ungreifbar, gespannt, breitet sie ihre zarte, geheimnisvolle Seele aus im Wasserstrahl des nicht ganz zugedrehten Hahns über dem Zementtrog im Hof. Dies ist die Nacht. Ich bin ein einsamer Mann, der an einem beliebigen Ort der Stadt raucht; die Nacht umgibt mich, erfüllt sich wie ein Ritus, stufenweise, und ich habe nichts mit ihr zu schaffen. Nur eben für Augenblicke kommt das Pochen meines Blutes an den Schläfen in einen Takt mit dem Puls der Nacht. Ich habe meine Zigarette zu Ende geraucht, ohne mich zu rühren.

Die außergewöhnlichen Bekenntnisse des Eladio Linacero. Ich lächle in Frieden, öffne den Mund, lasse die Zähne aufeinanderklappen und beiße sanft die Nacht. Alles ist vergeblich, und man muß wenigstens den Mut haben, keine Vorwände zu gebrauchen. Ich hätte die Nacht aufs Papier spießen mögen wie einen großen Nachtfalter. Statt dessen war sie es, die mich in ihren Wassern mit sich nahm wie den bleichen Körper eines Toten und mich mitschwemmt,

unerbittlich, zwischen Kälteschauern und flüchtigem Schaum, nachtabwärts.
Dies ist die Nacht. Ich werde mich aufs Bett werfen, frierend, todmüde, und den Schlaf suchen, bevor der Morgen kommt, ohne Kraft mehr, um auf den feuchten Körper des Mädchens in der alten Blockhütte zu warten.

Bibliothek Suhrkamp

Alphabetisches Verzeichnis

Humor und Unterhaltung

Birgit Berg
Schwarzbuch für Grünschnäbel
Band 575 · · 128 Seiten

Eugen Skasa-Weiß
Bürobrüller – nicht wie du und ich
Erlebnisse, die zum Lachen sind
Band 567 · · 128 Seiten

C. S. Lewis
Dienstanweisung für einen Unterteufel
Band 545 · · · 144 Seiten

Heinrich Lützelers
fröhliche Wissenschaft
In dieser Vorlesung darf gelacht werden
Band 569 · · · 160 Seiten

Helmut Thielicke
Das Lachen der Heiligen und der Narren
Band 491 · · 144 Seiten, 2. Aufl.

in der Herderbücherei